AVTRES
OEVVRES
DE MONSIEVR
DE SCVDERY.

A PARIS,

Chez Avgvstin Covrbe', Libraire & Impri-
meur de Monsieur Frere du Roy, au Palais,
en la petite salle, à la Palme.

M. DC. XXXVII.

ADVERTISSEMENT

ECTEVR,

Selon les Règles que nous tenons des Anciens, tout Poëme Epique, doit estre fondé sur deux Principes: le vray semblable & le merueilleux. Ainsi voit-on dans Homere, le Siege de Troye, & la Magie de Circé: dans Virgile, le voyage d'Italie, & celuy des Enfers: dans l'Arioste, la guerre de France, & les charmes d'Alcine: dans le Tasse, la prise de Hierusalem, & les Enchantements d'Armide: Et c'est sur ces fameux exemples que i'ay basty cét ouurage; qui me doit apprendre si mon style sera iugé capable de soustenir la grauité du Poëme heroïque, par ceux, en faueur de qui ie veux en composer vn. Qu'on regarde donc cette piece, & celle qui la suit, comme vn Essay de ce grand Oeuure: & qu'on voye le vray-semblable en mon voyage, & le merueilleux en mon Temple. Il est bien vray que i'ay vn peu plus penché vers le dernier, que vers l'autre, comme plus propre aux descriptions, qui sont l'ame de la Poësie: au reste, comme l'Epopœe doit embrasser par Episodes toutes les sciences, & tous les Arts,

ayant parlé de Geographie, d'Architecture, de Portrai-
cture en toille, en Verre, en Marbre, en bois, & de la
Nauigation; i'ay creu estre obligé de le faire en termes
propres : que s'il s'en rencontre quelqu'vn qui ne soit pas
de ta connoissance, donne toy la peine de consulter là
dessus, ou les Maistres, ou les Liures, & tu verras que les
vns & les autres parleront en ma deffence, & t'appren-
dront ce que ie n'ignorois pas, & ce que tu ne sçauois
point.

LE TEMPLE.

POEME

A LA GLOIRE DV ROY,

ET DE MONSEIGNEVR

LE CARDINAL

DVC DE RICHELIEV.

Dedié à la France.

TOY, que tous les Climats regardent par
    enuie;
Mere des beaux Espris, qui m'as donné
    le vie;
FRANCE, qui dois t'accroiſtre autant que l'Vniuers,
Souffre qu'vn de tes fils te l'apprenne en ces vers;

A iij

Souuiens-toy qu'Apollon sçait les choses futures,
Et lis tes bons destins auec mes aduentures.
Mais confesse à genoux, FRANCE, aussi bien que
    moy,
Que ta grandeur consiste en celle de ton ROY,
Adore les Exploits que sa valeur acheue:
Et songe, en t'abaissant, que c'est luy qui t'esleue.

Lors qu'vn noble desir qui m'eschauffoit le sein,
M'eut fait voir que le vent secondoit mon dessein,
Me laissant emporter au Dieu qui me conseille,
Ie fus (pour les quitter) aux Riues de Marseille:
I'entre dans vn vaisseau qui s'esloigne du bord,
Et nos yeux & nos bras sont tendus vers le port,
Nos visages sont peints du regret qui nous touche;
Aucuns des Matelots ne peut ouurir la bouche,
La tristesse la ferme au partir de ce lieu,
Et celle du Canon dit le dernier adieu.
Vne espaisse fumée offusque nostre veuë,
Comme elle disparoist, la ville est disparuë;
Et le Riuage aimé se monstre seulement,
Ainsi qu'en vn Tableau par vn esloignement.
Sur les soings du Pilote, on voit dormir la Troupe,
Le vent enfle la voile, & nous vient par la Poupe,
Et semblant nous promettre vn bon-heur souuerain,
Toute la Mer est calme, & le Ciel est serain.
On voit cét Element dans vn profond silence;
Ny les vents, ny les flots, n'ont point de violence,

Et de peur de troubler le repos de la nuit,
Ce qu'ils font est plustost vn murmure qu'vn bruit.
Nous marchons sans marcher, et la Nauire volle :
Elle fait vn chemin que luy monstre le Pole,
Et suiuant en son cours la Carte & le Compas
Elle trouue vn passage aux lieux qui n'en ont pas.

	Mais qu'il a peu de foy cét inconstant Neptune!
Et que de changemens où regne la Fortune!
A peine le Soleil eut acheué son tour,
Qu'il amena l'orage en r'amenant le iour :
Son illustre Berceau deuient sa Sepulture ;
On voit prendre le dueil à toute la Nature ;
L'Air est champ de bataille, & de gros Tourbillons
Qui se viennent chocquer comme des Bataillons :
Ces insolents mutins, qu'vn foible Dieu gouuerne,
Sortent tous à la foule, & quittent leur Cauerne ;
Et comme en la fureur l'esprit leur est osté,
Chacun suit son caprice, & va de son costé.
Le Pilote voit bien que la tempeste est proche,
Il tasche de se mettre à l'abry d'vne roche,
Mais inutillement ; ce volage Demon,
Se mocque du Pilote, & se rit du Timon.
La Mer ne paroist plus, ny tranquille, ny claire ;
Elle escume de rage, & gronde de colere ;
Et lors que le Tonnerre esclate horriblement,
Elle luy sert d'Echo par son mugissement.
La flame des Esclairs, comme elle est continuë,
D'vne escharpe de feu semble ceindre la Nuë ;

Et comme si le Ciel nous vouloit abismer,
Il verse incessamment vne Mer dans la Mer.
Le Nocher par les Cieux cherche en vain des Estoiles,
Il quitte le Cordage, il amene les Voiles;
Son art cede à la force, & nous sommes remis
A la mercy des Vents qui sont nos ennemis.
L'vn monte la Nauire, & l'autre la renuerse,
Cestuy-cy nous arreste, & cét autre nous berse,
Haut, bas, à droict, à gauche, en arriere, en auant,
Ordinaires effects de l'Empire mouuant.
Nous voyons sa colere, & souffrons son rauage,
Nos desirs n'oseroient approcher du riuage,
Et bien qu'en ce peril nous en eussions besoin,
De crainte d'y choquer, nous le souhaittons loing.
D'vne horrible tumeur la Mer s'enfle le ventre,
Et comme elle se fend nous tombons iusqu'au centre;
Si bien qu'en ces deux temps, par le feu des Esclairs,
Arger paroist au Ciel, & Thunis aux Enfers.
Nous croyons nos tombeaux, comme les riues proches,
Autant que les Brisans, nous redoutons les Roches,
Mais comme vn coup de Mer nous prepare la mort,
Vn gros d'eau nous repousse, & nous sauue du bord.
Vne nuict de trois iours, comme celle d'Alcmene,
Nous fit tenir encor vne route incertaine;
Car nous perdimes lors, dedans ce fortunal,
Et conduite, & Pilote, & Timon, & Fanal.

 Enfin, de tous les Vents, vn seul reste en furie,
Qui nous fait costoyer toute la Barbarie:

Nos deſſeins commencez demeurent imparfaits;
Nous laiſſons à main gauche, & Marroques, & Fez,
La tourmente redouble, & la Mer plus eſmeuë
Porte & meſle ſes Eaux dans celles de la Nuë,
Preuue de ſon orgueil, effect de ſon pouuoir:
Calpe nous apparoiſt, Abile ſe fait voir;
Le riuage s'approche, & l'eſpoir ſe recule,
Nous chocquons (peu s'en faut) aux Colomnes d'Her-
    cule;
Mais en fin le Vaiſſeau, reprenant le milieu,
Laiſſe derriere ſoy les Termes de ce Dieu,
Et ſe vient engouffrer, perdant la Tramontane,   *Les Iſles*
Sur l'ample & vaſte ſein de la Mer Oceane.   *de Cana-*
                                           ries.
   Là, fort long temps encor nous ſommes balloteZ,
Et cinglant malgré nous, on nous voit emporteZ:
Nous remarquons fort prés, & noſtre œil conſidere,
Palme, l'iſle de fer, Tanariſſe, & Madere:
Nous voyons mille Bancs, nous voyons mille Eſcueils,
Ou pour les mieux nommer, deux mille grands Cer-
    cueils.
Et faiſant vn chemin, ſans y laiſſer de piſtes,
Nous voyons Saincte Helene, & les deux Iſles triſtes:
En fin tous les obiets ſe cachant à nos yeux,
Nous ne voyons plus rien que la Mer & les Cieux;
Et nous ſommes portez par la vague eſcumeuſe,
Plus loing que n'a vollé la COLOMBE fameuſe.
Deſia noſtre treſpas ſembloit eſtre certain,
Et nous contions nos iours, en contant noſtre pain;   *Chriſt.*
                                                       Colôb.

B

Quand les Vents irritez, à l'aspect de la Terre,
Pour nous donner la paix, terminerent leur guerre :
Triton d'vn Cor de Nacre, ordonna qu'à l'instant
Ces mutins laisseroient nostre logis flottant ;
Ils grondent au partir, pour l'espoir qui les trompe ;
Nostre vaisseau brisé vomit l'eau par la Pompe,
Et la Mer reste esmeuë apres vn tel succés,
Comme vn fébricitant, à la fin d'vn acces,
On iuge neantmoins la bonace certaine :
Et Castor, & Pollux, sont aux bouts de l'Antene,
L'airs'esclaircit par tout, & desia nous voyons
Vn Roc que le Soleil dore de ses rayons.
On doute si cette Isle est heureuse ou fatale,
Mais nous connoissons bien qu'elle est Orientale :
On l'aborde, & le Ciel nous voit tous à genoux,
Pour nous auoir conduits souz vn climat si doux.
    La trouppe sur la riue aussi tost amassée,
Se met à r'habiller nostre Nef fracassee :
Moy, qu'vn desir de voir, susura iusqu'aux abois,
Ie vay m'esgarer seul dans le milieu d'vn Bois.
Iamais forest ne fut, si verte, ny si sombre ;
Mil ans ont trauaillé pour former sa belle ombre,
Et iamais le Soleil, d'vn rayon curieux,
Ne sçauroit penetrer au secret de ces lieux.
Là tous les Animaux viuent francs de querelle,
Et suiuent la douceur qui leur est naturelle :
Le Phœnix se nourrit en ces Bois innocens,
Et de Chresme de Baume, & de larmes d'Encens :

C'est dans ces lieux sacrez, & non en Arabie,
Qu'en se donnant la mort, il se donnent la vie;
Là, sur le haut d'vn Arbre il demeure offusqué,
Par les exhalaisons de son brasier musqué:
Mais dedans son trespas il monstre qu'il espere,
Et le Soleil se rend, son meurtrier & son pere.
Le Cigne en attendant qu'il meure sans ennuy,
Nage là dans vne onde aussi pure que luy.

    Là, des Chantres sçauants forment vne harmo-
       nie,
Dont l'extréme douceur a de la tyrannie:
Le Pan tousiours superbe, en marchant en auant,
Porte derriere luy son beau iardin mouuant,
Il imite les Rois, & sa teste se couure,
D'vn Daïs plus esclatant qu'on n'en peut voir au
       Louure.
Et bref, tout ce que l'Air, & la Terre, & les Eaux,
Ont de petits poissons, de bestes, & d'oyseaux,
Nage, volle, & bondit, sans connoistre la crainte,
Dans vne liberté qui n'est iamais contrainte.
Ie fais suiure vne route à mes pas incertains,
Qui les mene aux derniers de ces Arbres hautains,
Que Nature cherit, que caresse Zephire:
Là, s'offrent à mes yeux, deux Piliers de Porphire;
L'vn porte vn Escriteau, loing du Soubassement,
Ie le voy, i'en approche, et le lis aisément,
En caracteres d'or, en lettre bien formée;
L'Isle de la Valeur, & de la Renommée.

B ij

L'autre, en du Marbre noir, me presente ces vers:
Toy, que le sort conduit au bout de l'Vniuers,
Passant, va voir vn TEMPLE, à qui les destinées,
Ont promis de donner d'eternelles annees:
Mais garde le respect que l'on doit à ce lieu,
Que bastit Apollon pour vn grand demy-Dieu.

Ientreprens le chemin, où ce discours m'engage,
Rauy de voir ces mots escrits en mon langage.
Ie trauerse vne pleine, où le Ciel par des pleurs,
Oblige la Nature à luy monstrer des fleurs.
Aussi tost ie descouure vn TEMPLE magnifique,
De structure à la Grecque, & dans l'ordre Dorique.
Sa façade contient cent Colomnes de rang,
Toutes de Marbre rouge, & le Chapiteau blanc.
Apres, vn Cordon regne, en mesures esgales,
Ce ne sont que Festons, ce ne sont qu'Astragales,
Frises à demy bosse, & Listeaux embellis
D'vne L couronnée, & de trois FLEVRS DE LYS,
Des Chapeaux de triomphe, & des Monstres grotes-
    ques,
Centaures, & Tritons, feuilages, Arabesques,
Des Cornes d'abondance, & des Vases fumans;
Enfin l'Architecture a tous ses ornemens.
Le toict se voute en Dome, & se couure de lames,
De qui l'or & la forme esclate par des flames
Que l'on voit ondoyer iusques au bord du Mur,
L'or estant separé par des lignes d'Azur.

Au dessus du Portail s'auancent des Corniches,
Où soixante & trois Roys, dedans autant de Niches,
Paroissent en leur Throsne, & mes yeux resiouis
Furent de Pharamond, iusques au grand LOVYS.
Ce Prince sous ses pieds a cette Prophetie,
Que les euenemens ont assez esclaircie:
          Quand vn ieune Lyon,
Aura coupé les Chefs de la Rebellion
Sur le Rocher fameux, que la Mer enuironne:
Ses Ennemis cachez estant lors d'escouuers,
Le Conseil d'vn Chapeau sauuera sa Couronne,
Et le fera regner dessus tout l'Vniuers.

          En se iettant hors d'œuure, vn GOQ ouure les
          aisles;
Cét oiseau porte au bec, nos trois FLEVRS, immor-
          telles;
Et l'on voit à l'entour de L'ESCVSSON guerrier,
La Palme d'vn costé, de l'autre le Laurier.
Mars, Minerue, & Themis, d'vne Escriture au-
          guste,
Disent, IL EST VAILLANT, IL EST SAGE, IL
          EST IVSTE.
Là sont les Noms sacrez, dessous vn Diamant,
Du trois fois grand LOVYS, & de l'Illustre AR-
          MAND.
Sur les Portes d'Ebene, on voit à demy-taille,
En Portraits racourcis, mainte & mainte Bataille,
                                        Biij

Que doit gaigner mon ROY, digne Neueu d'Hector,
Portes à clouds d'argent, qui vont sur des gonds d'or.
   Mais à quelque grandeur que ce beau TEMPLE ar-
     riue ;
Et bien qu'on soit rauy de voir sa perspectiue ;
Ce n'est rien par dehors : & contraire aux Tom-
   beaux,
Ses obiets par dedans sont mille fois plus beaux.
Le paué tout d'Esmail, en ses couleurs meslées,
Feroit honte à l'Azur des Voûtes estoillees,
Ie n'osois y marcher, tant il auoit d'appas,
Et ie croyois auoir l'Arc en ciel sous mes pas.
Ce TEMPLE a ses piliers de grosseur apparente,
D'Albastre Orientale, & qu'on void transparente,
Blanche comme du laict, claire comme cristal,
Bazes, & Chapiteaux, sont du plus pur metal.
Sur de l'eau congelée (ornement de Venise)
Vn exellent ouurage, vne peinture grise,
Cuite, & recuite au feu, prend, & donne le iour,
Et ces Vitres font voir, Mars qui chasse l'Amour.
On voit briller en haut vn feu de Pierrerie ;
En vn lieu, l'Emeraude imite vne Prairie ;
En l'autre l'Escarboucle est vn Astre qui luit,
Et qui fait qu'en ce TEMPLE, il n'est iamais de nuit.
Les Perles, les Rubis, les Zaphirs, les Opales,
Confondant leurs couleurs esclatantes & pasles,
Font vn diuin meslange ; & par tout ce lambris,
A peine voit-on l'or sous les pierres de prix.

Et l'œil, de son aspect, receuroit vn outrage,
S'il n'estoit necessaire à distinguer l'ouurage.
De plus de cent flambeaux ce TEMPLE est decoré;
Les Placques & les Bras sont de vermeil doré :
Ses Arcades par tout richement estoffées,
De Drapeaux, d'Estandars, de Guidons, de Tro-
      phées ;
Et contre les piliers pendent tous les Escus,
Des Princes & des Rois, que le nostre a vaincus.
     Ce TEMPLE a des Tableaux, ou l'Art & la Pein-
      ture,
Peuuent deceuoir l'homme, & vaincre la Nature :
Leur Coloris est vif, les Corps fort arrondis,
L'ordonnance en est belle, & les traits bien hardis.
Là des doctes Pinceaux ont mis tout en vsage ;
Renfondremens, faux-iour, Ciel & Mer, Païsage ;
La couleur bien possee, & l'habit bien drappé ;
Enfin, tous ces obiects font que l'œil est trompé.
L'on y voit des combats, & des sieges de villes ;
Et toutes les fureurs de nos guerres ciuiles ;
     Montauban attaque Montauban deffendu,
Montauban inuincible, & Montauban rendu.
Là, ces fiers Habitans de l'vn des coins du Monde,
Nagent dedans leur sang aussi bien que dans l'onde,
Et le Peintre fait voir leur orgueil enterré,
Sous le sable fameux de nostre Isle de Ré.
On leur voit remporter dans leur tristes Patries,
Des Leopards blessez, & des Roses flestries ;

Apres n'estre venus que pour nous couronner,
Que pour se faire vaincre, & pour s'en retourner.

Les forces de mon ROY, domptent là ses Riuales,
Il gagne par les siens deux batailles Naualles,
Le Cinabre & l'Azur ornent le front des Eaux,
Où flotte (auec les corps) le debris des Vaisseaux,
Et l'Ouurier fait au ROY, par vne docte feinte,
Vn tableau de la Mer, où sa gloire est despeinte :
Gloire qui peut ternir (tant elle a de hazards)
Les Exploits d'Alexandre, & les faicts des Cesars.

Elle fut desmantelee. C'est là qu'on apperçoit ceste fiere Rebelle,
Cét obiet de terreur, la superbe Rochelle,
Perdre le nom de Ville, auß bien que le cœur,
Pour donner à mon ROY, celuy de son Vainqueur.
Là, tous ces grands trauaux se font paroistre insignes,
L'on y voit tous nos Forts, attachez par des lignes,
Et l'Ocean reçoit des mains de RICHELIEV,
Vn frain, qu'il n'eut iamais, que de celles de Dieu.
Le Peintre industrieux, pour Troupes ennemies,
Sur le haut de Tadon, fait marcher des Momies,
Et ces hardis Pinceaux figurent enfermez,
Des Phantosmes en garde, & des Spectres armez.
On voit que leur orgueil est tout prest de s'abatre,
Ils ont vn ennemy qui ne sçauroient combatre,
Haues, tous descharnez, & demy-morts de faim
Description de la faim. Cent mets extrauagants paroissent en leur main.
L'adresse du Pinceau les a despeints sans force,
L'vn mange vne racine, & l'autre vn peu d'escorce,

L'autre

L'autre comme vn thresor tient de vieux os cachez,
Que le temps a blanchis, & que l'air a sechez:
L'vn auale vn crapaut pour allonger sa vie;
Vn autre le deuore auec vn œil d'enuie,
Et brisant les tombeaux par vn brutal effort,
Ils vont chercher à viure au seiour de la mort.
L'absinthe pour leur goust n'est plus vne herbe amere;
Les femmes ont perdu les sentimens de Mere;
La rage suit la faim; & l'Enfant englouty,
Rentre dedans vn lieu dont il estoit sorty.
Et ces cœurs bien plus durs que n'estoiët leurs murailles,
Ne sont point amollis par tant de funerailles;
Leur main ouvre la terre, en se voyant paslir,
Pour se fortifier, & pour s'enseuelir.
Mais en vain ces Geants esleuent de la poudre;
Du milieu du Tableau le Ciel darde vne foudre;
Leurs ramparts sont a bas; & pour mieux triompher,
Le ROI donne la vie à ces ames de fer.
Sa Clemence veut vaincre, aussi bien que ses armes;
Le sang qu'il a versé, luy fait verser des larmes,
Il ne voit qu'à regret dans leur temerité,
Le mal qu'ils ont souffert, & qu'ils ont merité,
Son extreme douceur compatit à leur peine,
Il fait naistre l'amour au milieu de leur haine,
Ils rencontrent vn port, qu'ils croyoient vn escueil,
Il a pitié des morts qu'il tire du cercueil,
Et flattant leurs esprits iusqu'aux bords du Cocyte,
Il ne les dompte pas, mais il les resuscite.

C

Spectateurs du combat, les Anglois (en vn coing,
Qui pour cacher leur peur n'estoit pas assez loing)
Confessent en perdant le cœur & l'esperance,
Que si ce n'est en Titre on ne prend point la FRANCE;
Et que tel s'en dit ROY, qui peut-estre (agresseur)
Vn iour suiura la Char du IVSTE possesseur.

   Ces longs rangs de rochers que la Nature lie,
Pour separer d'vn mur, la France & l'Italie,
Dans vn autre Tableau, sont couuerts de guerriers,
Dont le sang genereux arrouse des Lauriers:
Leur extréme valeur a les destins propices:
Pour elle, tous ces monts n'ont point de precipices:
Ils marchent plus ioyeux, que s'ils alloient au bal,
Sur les traces des pas du fameux Hanibal;
Là, cent bouches de fer, sur les Alpes chenuës,
Confondant leur vapeur auec celles des nuës,
Vomissent de la flame; & font pleuuoir sur eux,
Des foudres, des boulets, de la gresle, & des feux.
Vn bruit se mesle à l'autre, & Mars en cette guerre,
Fait ioüer le Canon du Ciel & de la Terre,
Chaque Roc esbranlé par des coups esclatans,
Replique horriblement, aux cris des Combatans,
Et ce Globe allumé que la mort accompagne,
Murmure encor bien loing, de montagne en montagne.
O merueilleux effect de ce rare Pinceau,
Qui rend le bruit visible, en ce diuin Tableau.

   Les Alpes à ce coup font signe aux Pirenées,
Qu'en vain pour les seruir, elles sont mutinées,

Et que contre le Dieu, qu'elles ont fait venir,
Leurs Rampars eternels ne sçeuroient plus tenir.
C'est trop que d'affronter Cæsar & sa fortune:
Ces Renardt defterreZ, ont la fuite opportune;
Iamais neige fonduë en ces lieux par l'ardeur,
Ne se precipita, de pareille roideur;
Mais mon PRINCE, sur eux, est vne Aigle qui
    volle:
Suse parle François aussi bien que Riuolle,
Et les Iardins du Duc, paroissent embellis,
De la Reine des Fleurs, de nostre FLEVR DELYS.
    Dans vn autre Tableau, ie vis (auecques ioye)
La demeure des Ours, la Pierreuse Sauoye,
Prendre le mesme ioug, qu'elle prist autre fois;
Chambery receuoir nos Armes, & nos Loix;
Et mon PRINCE voulant que tout se conuertisse,
Faire du Champ de Mars, vn Throsne à sa Iustice.
    Vn autre me fait voir les Espagnols rusez,
Le Siege de Cazal, et deux Camps opposez,
L'on y voit la poussiere, on y voit la fumee,
Des cheuaux, & des feux de ces grands Corps d'Ar-
    mée;
Ny Guidons, n'y Drapeaux n'y sont pas oubliez;
Les blancs sont ondoyants, les rouges sont pliez:
Icy des Esquadrons; la de l'Infanterie;
Là se voit le Bagage; icy l'Artillerie;
Vn Champ reste au milieu, vuide pour le Vainqueur;
Mais trente mille bras ne treuuent pas vn Cœur:

C ij

Riuolle maison de Plaisance du Duc de Sauoie

Parlement establi dans Chābery.

Et ces fiers Conquerans, que la frayeur tenaille,
De peur de la donner, perdent vne Bataille.

En suite des Tableaux que i'ay tant admirez,
L'on en voit vn fort grand, sous des Rideaux tirez,
Où mon œil apperçeut (haussant l'Estoffe noire)
Des branches de Cyprés, aux mains de la Victoire,
Qui triste, mais superbe, & d'vn courage haut,
Semble voir à regret le sanglant Eschaffaut,
Où la Iustice en deuil, couure vn corps, & ses ar-
mes,

D'vn Drap de Velours noir, tout parsemé de larmes.
Le Pinceau prophetique a peint mille beaux faits,
De qui ce regne heureux doit sentir les effets,
Mais ie n'entendis rien à toutes ces Peintures,
Qui ne me presentoient que des choses futures,
Et dans leurs traits confus, ie ne vis (en passant,)
Que la Mer du Bosphore, & le coing d'vn Croissant.
Au milieu de ce TEMPLE, on voit vne Statuë,
Et comme elle est Royalle, elle est ainsi vestuë;
Six degrez de Porphyre esleuent vn Autel;
L'inuincible LOVYS, y paroist immortel;
Aupres de ce MONARQVE ARMAND tient vne
place,
Son Maistre luy sous-rit, & le regarde en face;
Il courbe en demy-rond, le bras gauche sur luy,
Et là mesme en Statuë, il en fait son appuy.
Son aspect est Royal, la pourpre l'enuironne:
Mais bien qu'il la merite, il n'a point de Couronne,

Car son bras acheuant, tant d'Exploits innouïs,
Ne veut que l'affermir sur le front de LOVYS.
  Comme ie regardois, mes œillades confuses
Descouurent Apollon à la teste des Muses,
D'vn Chapeau de Laurier son front est descoré,
On luy voit à la iambe vn Brodequin doré,
Son Arc & son Carquois font voir encor sa gloire,
En l'vne de ses mains il a son Lut d'iuoire,
Ils chantent vn Cantique, en des tons rauissans,
Les mots sont oubliez, mais en voicy le sens.

APOLLON
AV ROY.

OVIS, le plus grand des Monarques,
L'amour des hommes & des Dieux;
De qui le renom glorieux,
Vaincra les Siecles & les Parques:
Preste vn peu l'oraille à nos voix;
Et te ressouuiens qu'autrefois,

Au fameux Siege d'vne ville
(Que regardoit tout l'Vniuers)
L'on a bien veu le braue Achille,
Prendre vn Lut, & chanter des vers.

Ie sçay que ton Esprit modeste,
Au delà de tous les Esprits,
Est fasché de se voir surpris,
D'vne loüange manifeste :
Et puis ta gloire esclatte assez,
Dans ces Tableaux que i'ay tracez :
Le temps n'en peut faire sa proye
Sans deuenir trop criminel ;
Et plus heureux qu'aux Murs de Troye,
Ie t'ay fait vn TEMPLE eternel.

Sois donc seur que ta retenuë,
Ne changera point de couleur ;
Par le recit d'vne Valeur,
Aussi rare qu'elle est connuë :
Que ie ne te sois pas suspect ;
Mon impuissance & mon respect,
M'esloignent de tes aduentures :
Mais souffre à nos Luts seulement,
D'adiouster à tant de Peintures,
Le Tableau de ton iugement.

Ne crains pas qu' Apollon te flatte,
Afin d'acquerir vn thresor:
C'est luy seul qui sçait faire l'Or:
Et c'est par luy seul qu'il esclatte:
Mais ton choix est si bien fondé,
Que i'ay veu (plus ie l'ay sondé)
Que le Tibre cede à la Seine:
Et que bien qu'on l'ait peint charmant,
Auguste n'eut point de Mecene,
Qui ne fust moins que ton ARMAND.

Sa preuoyance est sans seconde;
Comme son zele est sans pareil:
Et crois ce qu'en dit le Soleil,
Qui chaque iour voit tout le Monde:
Ie vay chez tous les Potentats;
Ie visite tous les Estats;
Mais par tout sa gloire est premiere:
Il passe tout ce qu'on escrit;
Et mon Char a moins de lumiere,
Que ce rare & diuin Esprit.

Digne & grand subiet d'vne Histoire,
La plus belle qui fut iamais,
Soit pour la guerre, ou pour la paix;
Repasse la dans ta memoire:

Et songe (en despit des Riuaux,
Qui veulent cacher ses trauaux)
Ce qu'à fait celuy que ie nomme.
Iuge des soings de RICHELIEV;
Et vois ce que merite vn Homme,
Dont le Conseil te fera Dieu.

Quelles puissances ennemies,
N'ont point trauersé ton bon heur?
Mais auec que combien d'honneur,
A-t'il fait voir leurs infamies!
Ces mauuais Demons, ces Mutins,
Qui pensoient que tes bons destins,
Estoient plus foibles que leurs armes;
Dans le mal qu'il leur fait sentir,
Sont contraints de verser des larmes,
Et de rage, & de repentir.

Desia leur colere insensée
Croyoit s'espandre en toutes parts,
Et tun'auois point de ramparts,
Qu'ils ne forçassent en pensée:
Mais ayant vomy tout leur fiel,
Ils ont bien connu que le Ciel
N'est pas de leur intelligence:
Et qu'apres leurs complots ingrats,
Rien ne desarma ta vangeance,
Qu'ARMAND, qui luy retint le bras.

O que

O que son ame est asseurée!
Et que dans leur temerité,
Elle a fait voir de fermeté,
En la foy qu'elle t'a iurée!
On le menace du trespas,
Il ne desmarche point d'vn pas;
On le sollicite, il resiste;
On l'attaque, on le voit vainqueur:
L'Estat branle, & sa foy subsiste;
Tout craint, & luy seul a du cœur.

Laisse, laisse gronder l'Enuie,
Qui choque tousiours ses pareils;
Et te souuiens que ses Conseils
Illustrent ton Regne, & sa vie:
Quoy que disent les Courtisans,
Qu'elle a rendus ses partisans,
Tu dois de aucoup à sa conduite:
Luy seul les a tous combattus,
Et leurs vices n'ont pris la fuite,
Que pour ne voir pas ses Vertus.

Ne couure point ton feu de cendre,
La froideur desplaist aux hardis;
Imite ce que fit iadis,
Pour Ephestion, Alexandre:
Et te mocquant des enuieux,
Vois que le Monarque des Cieux,

D

Qui seul pourroit guider cent Mondes,
Fais comme tu fais aujourd'huy;
Il agit par couses secondes,
Et fait miracles par autruy.

Et toy MINISTE incomparable,
Pilier d'Estat, Prince excellent,
Fais voir qu'un amour violent,
Ne laisse pas d'estre durable:
Et songe, estant monté si haut,
ARMAND, que le moindre deffaut,
Seroit veu de toute la terre:
Mais comme tu ne peux faillir,
Tiens tousiours en main le Tonnerre,
Pour deffendre, & pour assaillir.

Fais que ton bel Esprit conserue,
L'amour des Lettres et des Arts,
Garde que la faueur de Mars,
Ne te fasse oublier Minerue:
Considere que ces neuf Sœurs,
Peuuent augmenter les douceurs,
Que la bonne fortune donne:
Et qu'on ne voit point de Guerrier,
Qui ne me doiue sa Couronne,
Ayant fait croistre le Laurier,

L'histoire par de gros Volumes,
Peut faire vieillir le renom;

Mais pour porter au Ciel vn Nom,
Il faut bien de plus fortes plumes :
Diuin ARMAND, *si tu pretens,*
De vaincre la Mort & le temps,
Ayme ces Beautez innocentes ;
Leur Ouurage ne peut finir ;
Et ces filles reconnoissantes,
Esternisent vn souuenir.

Ie voy que leur Troupe s'appreste,
A te garantir du Tombeau ;
Elle te prepare vn Chapeau,
qui sera digne de ta teste :
Leur main espere de trouuer
Une fleur qui n'a point d'Hyuer ;
Que iamais on ne voit mourante :
Elle ne croist qu'en leur Vallon ;
Et ceste immortelle Amarante,
T'est offerte par Appollon.

Là finit le Cantique, & ce Dieu sort du TEMPLE
Sa Troupe disparoist, comme ie la contemple ;
Et ne laisse à mes yeux (commençant à voler)
Que quelque rayon d'or qui se dissipe en l'air.
La merueille m'estonne, & l'aise me transporte ;
Lors auec vn grand bruit on referme la porte :
Ie trauerse le b͡i , ie retourne au vaisseau,
Qui s'abandonne aux vents, qui se remet à l'eau.

D ij

Apres s'estre muny de quelques fruits sauuages,
Que le Soleil tout seul fait croistre en ces riuages,
  Là, par les beaux obiets, en mon esprit tracez,
Ie me tiens satisfait de mes trauaux passez:
Nous vollons cependant sur la vaste campagne;
Et comme bons François, sans toucher en Espagne,
Les vents & le timon par vn decret fatal,
Conduisent la Nauire en mon païs natal,
Où la voile estant bas, & l'anchre estant iettée,
I'ay baisé par trois fois la terre souhaittée,
Et quite enuers le Ciel, de tant de vœux promis,
I'ay meslé mes deux bras à ceux de mes Amis,
Et veu leur chere Troupe auec la bouche ouuerte,
Admirer le portrait de ceste Isle deserte,
S'attacher par l'oreille; & leurs cœurs resioüis
Tressaillir, au recit des grandeurs de L O V Y S.
  Or comme le Soleil agit sur toutes choses,
Il ouure mon esprit, aussi bien que les roses:
Et comme le Printemps a commencé son cours,
Il a (parmy les fleurs) fait naistre ce discours.
Fasse le iuste Ciel, pour le fruict de mes veilles,
Que l'œil de ce M O N A R Q V E, y lise ses merueilles,
Et que ce grand E S P R I T, dont il fait son Altas,
S'y puisse diuertir, si iamais il est las.
Et toy F R A N C E indomptable, & toy chere Prouince,
Auant que de sortir du T E M P L E de ce P R I N C E,
Pour signaler mon zele aussi bien que ta foy,
Leue les yeux au Ciel, & souhaite apres moy.

Que LOVYS, & qu'ARMAND soient tousiours
   dans le calme,
Que deux Amours entr'eux disputent vne Palme,
Que l'vn aime tousiours, & soit tousiours aimé,
Que les bienfaits de l'vn, rendent l'autre enflamé,
Que LOVIS nous commande, & qu'ARMAND, le con-
   seille,
Que l'vn soit en repos, pendant que l'autre veille,
Que tous leurs ennemis soient d'vn esprit plus sain,
Que iusques dans le cœur on lise leur dessein,
Que le pasle Enuieux ait vne fin sinistre,
Que l'Ange de LOVYS conserue son MINISTRE,
Que leurs plus haut proiets ne soient point hazardeux,
Que la santé parfaite, agisse en tous les deux,
Et puis qu'il faut subir la loy des destinées,
Qu'ils finissent, chargez de bon-heur, & d'années,
Et que leur gloire arriue à l'immortalité,
Prix, que ie luy souhaitte, & qu'elle a merité.

DISCOVRS
DE LA
FRANCE,
A MONSEIGNEVR
LE CARDINAL
DVC DE RICHELIEV.

Apres son retour de Nancy.

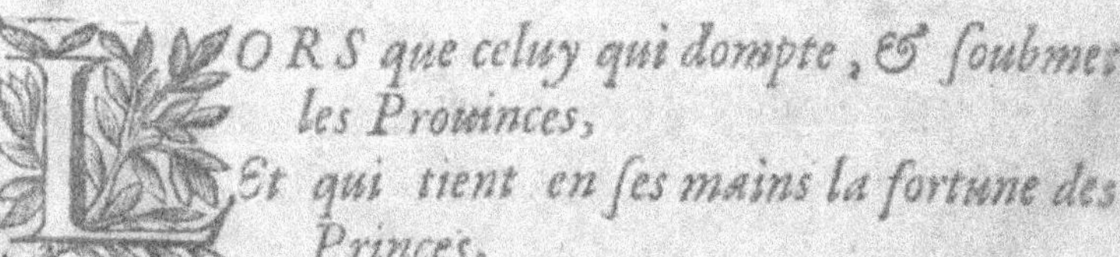

LORS que celuy qui dompte, & soubmet
les Prouinces,
Et qui tient en ses mains la fortune des
Princes,
L'inuincible LOVIS, dont les fameux explois
Esbranlent chasque Throsne, & font trembler les Rois,

Eut augmenté sa gloire, & celle de l'armée,
Rauy tout l'vniuers auec sa renommée,
Et vainqueur de Nancy, consacré pour iamais,
Les marques de la Guerre au Temple de la Paix,
Voyant que cette mer auoit les ondes calmes,
Il vint se reposer à l'ombre de ses Palmes,
L'illustre RICHELIEV malgré tant de riuaux
Partageant son repos, ainsi que ses trauaux
Et quand la main d'vn Ange, à nos vœux fauorable
Eut tiré d'vn grand mal ce MINISTRE adorable,
Il entra dans Paris; où la FRANCE à genoux,
Luy parla dignement, & pour elle, & pour nous.
Elle se fit connoistre à ces augustes Marques,
Que les siecles passez, donnerent aux Monarques,
Le Manteau, la Couronne, & le beau Sceptre d'or,
Qu'autrefois à tenu le braue fils d'Hector:
Sa robe estoit brodée; & les couleurs subtiles,
Y figuroient des Monts, des Fleuues; & des Villes,
Vn vert meslé d'argent, peignoit les flots amers,
Qui bornent cét Estat, en ces deux vastes Mers.
Et bien que de frayeur on la iugeast atteinte,
Sa Maiesté parut, au milieu de sa crainte,
Et ceste beauté passe, en se montrant au iour,
Fit naistre la pitié, le respect, & l'amour.
D'vn pas graue & superbe, en sa pompe Royalle,
Cette Princesse marche, & trauerse la salle,
La vertu l'accompagne; & ses yeux esclattans,
Desrobent la parole à tous les assistans:

Elle entre au cabinet, où d'vn air tout celeste
D'vn ton de voix qui charme, & d'vn regard mo-
  deste,
Elle approche d'ARMAND, qui prenoit le repos,
Se prosterne à ses pieds, & luy tient ces propos.

Grand DVC, preste l'oreille à la France affligée,
Et ne t'estonne pas de la voir negligée;
Quand la rigueur du sort pensa nous separer,
Ie perdis à l'instant le soin de me parer.
Ie sçay que nous auons semblables destinées,
Que ta fin deuiendroit celles de mes années,
Et ie iuge aussi bien que tous les bons François,
Que pour estre immortelle, il faut que tu le sois,
Car l'ame de LOVYS ardemment enflammée,
S'attache tellement à la personne aimée,
Que ton cœur est le sien, & qu'on voit auiourd'huy
Qu'il ne vit que par toy, comme ie fais par luy,
Aussi peux-tu bien voir à mon visage blesme,
Que i'ay pleuré pour toy, que i'ay craint pour moy
  mesme,
Il te peint mon amour, il te peint ma douleur,
L'vne & l'autre paroist en sa pasle couleur,
Et mieux que mon discours, sa tristesse excessiue,
Te dira que la France est plus morte que viue,
Et que le fascheux bruit qui fit naistre son deuil,
La fit tomber du Throne au bord de son cercueil,

Preste

Preste de suiure encor ta perte regrettée,
Si ton heureux retour ne l'eux ressuscitée ;
Mais en fin, grace au Ciel, ses vœux sont exaucez,
Tu vis, tu la fais viure, & ses maux sont passez.
De cét œil tout puissant qui force le courage,
Tu la remets au calme apres ce grand orage ;
Ta presence dissipe, & borne ses malheurs,
Une allegresse pure a suiuy ses douleurs,
Et pourueu que le sort la fasse estre durable,
Il n'est point de bon-heur qui luy soit comparable.
Toutesfois quelque mal touche mon souuenir ;
Et songeant au passé, i'ay peur de l'aduenir,
Desia deux ou trois fois les Parques trop hardies
Tont mis dans le danger qui suit les maladies,
A ce cruel penser ie frisonne d'horreur,
Et ie retombe encor à la mesme terreur.
Grand DVC, conserue toy, contente mon enuie,
Pour l'amour de la France, aime vn peu plus ta vie,
Ton esprit tout de feu n'a pas vn corps de fer,
Triomphe de toy mesme, en voulant triompher,
A ceste soif d'honneur, retiens vn peu la bride,
Et mets à tes labeurs des bornes comme Alcide.
Sçache que nos destins ne se diuisent pas,
Ta perte fait la mienne, & ta fin mon trespas,
Quand tu m'aurois gagné toute l'Europe entiere,
Tu ne m'aurois conquis qu'vn plus grand cimetiere,
Car encor vne fois LOVYS t'aime si fort
Que ta fin aduancée, auanceroit sa mort,

E

Que deuiendroy-ie alors sans celuy qui commande?
Pour moy ie n'en sçay rien, & ie te le demande.
Songe que les mutins, apres mes desplaisirs,
Souleroient leur vangeance, & leurs mauuais de-
    sirs,
Que leur ame de meurtre, & de crime alterée,
Du sang des innocens viendroit faire curée :
Que ces Tigres viendroient retracer de nouueau,
De nos malheurs passez, l'effroyable Tableau :
Pareils à ces torrents, qui tombant des montagnes
Passent comme la foudre au milieu des campagnes,
Destruissent dans les champs l'espoir du laboureur,
Et ne laissent par tout que marques de fureur.
Tels ces monstres cachez, qu'vn fier Demon gou-
    uerne
Fondroient sur l'innocence, en quittant leur cauerne,
Et la flame & le fer aux mains des ennemis,
Auroient bien tost changé l'ordre où tu nous as mis.
Escoute grand HEROS, la voix de ta Patrie,
C'est elle que tu vois, c'est elle qui te prie,
Si tu veux signaler ton amour & ta foy,
Ne te hazarde plus, sauue la sauue toy.
Aussi bien en l'estat où tu les sçais restraindre,
Peuuent-ils esperer? & les deuons nous craindre?
Ils seront sans support, où qu'ils puissent aller,
L'AIGLE de ce costé, n'oseroit plus voller.
Mets les dans la frayeur, & suspens la tempeste,
Tiens leur souuent le glaiue, attaché sur la teste,

Ainſi d'vn œil craintif qui les fera courber,
Ils penſeront touſiours le voir preſt à tomber.
Mais ne t'expoſe plus à l'extreſme fatigue,
C'eſt plaire à l'ennemy, c'eſt entrer dans ſa ligue,
Priue-le de l'honneur d'eſtre veu du vainqueur,
Dans le corps de l'Eſtat, tiens la place du cœur.
Le ROY celle du chef, vos forces deſparties
Le feront bien agir en toutes ſes parties,
Offre dedans Paris des vœux à Palemon,
Mets ce NAVIRE à l'ancre, & tiens-en le timon:
Mocque toy des Rochers, & des vents, & de
    l'onde,
Dans ce celebre Port qu'admire tout le monde.
Ou ſois veu (ſi tu veux) chez les peuples voiſins,
De la ſaiſon des fleurs, à celle des raiſins,
Mais que l'hiuer au moins t'arreſte en vne place,
Et ſouffre qu'il t'enferme en ſes ramparts de glace.
L'exceſſiue froideur agit ſur du metal,
Ne vois l'air de trois mois, qu'à trauers du criſtal,
C'eſt aſſez acheué de belles aduantures;
Ne vois plus de combats que parmy tes peintures:
C'eſt aſſez trauaillé, ſonge à te ſurmonter,
Et dompte en ta perſonne, vn qui peut tout domp-
    ter.
Que ce deſir ardent qui te porte à la guerre,
T'accorde le repos, & le donne à la terre,
N'abuſe point des vœux, pouſſez pour ton ſalut,
Et fais que le Canon laiſſe entendre le Lut.

E ij

Gouste vn peu les plaisirs que permet l'innocence :
Sonuiens toy qu' Apollon est de ta connoissance :
Caresse les neuf Sœurs, aime leurs nourrissons,
Elles viennent en Corps pour t'offrir leurs Chansons,
Et celle dont la main fit le superbe TEMPLE,
Où l'œil reste enchanté parce qu'il y contemple,
S'aduance la premiere, & ne peut retenir
L'extresme passion qui la force à venir.
Elle est sous ton pouuoir, tu la dois reconnoistre,
Les lieux que tu regis sont ceux qui l'ont fait naistre.
Ce HAVRE si connu des plus lointains Climats,
Où ta prudence plante vne forest de mats,
L'aZile du commerce, & du Marchand fidelle,
Qui s'asseure en ton Nom plus qu'en sa Citadelle,
Luy donna le Berceau, le Ciel la destinant
A deuenir vn iour ce qu'elle est maintenant.
Son amour là fit tienne, & tu l'as acceptée,
Mais sa gloire est acquise, & non pas meritée.
Aux bords de l'Ocean vn Dieu vint l'animer,
Pour faire plus de bruit que les flots de la Mer,
D'vne ardeur heroïque on la voit enflammée,
Aussi bien que Minerue, elle nasquit armée,
Et fille d'vn Soldat, elle prend ses esbats,
A chanter les hauts faits, au sortir des combats.
Desia depuis long temps en soy mesme elle range
Toutes les raretez de l'Eufrate & du Gange,
Et comme on voit l'abeille en composant le miel,
Picorer sur les sleurs ce qui tombe du Ciel,

Le Havre de Grace, lieu de la naissāce de Mr. de Scudery, où feu sō pere commandoit sous l'Amiral de Villars.

Maintenant sur les Lis, & tantost sur les Roses,
De mesme ceste Muse embrasse toutes choses,
Voit les Cieux et les Eaux, les Villes & les Champs,
Afin d'en composer la douceur de ses chants :
Et riche du butin des langues Estrangeres,
Elle imite pour toy ces bonnes mesnageres,
Et ce que la Nature a mis en l'Vniuers
De parfait & de beau, sera veu dans ses vers.
Les plus sombres forests, les plus larges Campagnes,
Les Vallons les plus creux les plus hautes Mon-
    tagnes,
Les pierres, les metaux, les herbes, & les fleurs,
Les Vases de Christal, où l'Aube met ses pleurs,
Cét amas de beautez que sa richesse estalle
Dessus les bords fameux de l'Inde Orientale,
Ce miracle de l'Air, cét Arc qui peut ternir
L'esclat de ce Lambris qu'il semble soustenir,
Le bel Or du Soleil, & l'Argent de la Lune,
Les Rochers, & les Vents, & les Flots de Nep-
    tune,
Son calme, sa tempeste, & d'vn puissant effort
Vn vaisseau dans l'orage, vn autre dans le port.
Tu luy verras tracer mainte belle aduenture,
Des traits les plus hardis qui soient en la peinture,
Et quand il s'agira de parler d'vn Tableau,
Sa plume fera honte au plus docte pinceau.
Tantost dans le conseil, tantost dans vne attaque,
En imitant Achille, & le Prince d'Itaque,

Tu luy verras charmer d'vn discours attrayant,
Ou vaincre vn ennemy par vn bras foudroyant.
Elle te fera voir des villes aßiegées,
Vn aſſaut general, des batailles rangées,
Des Ramparts qu'vne Mine emporte en vn mo-
      ment,
Vn Eſquadron qui force, & rompt vn Regiment,
Vn camp, vne retraitte, & ſa docte furie,
Te peindra iuſqu'au bruit de ton Artillerie.
Ainſi dans tous les Arts eſtendant ſon ſçauoir,
Ils n'ont rien d'excellent qu'elle ne faſſe voir.
Que ſi d'vn ton plus doux elle vient à deſcrire,
Les regrets & les cris d'vn Amant qui ſouſpire,
Iamais Cigne mourant ne fut plus langoureux,
Et qui ne peut aimer ſera touché par eux.
Bref, elle ſe promet, tant elle a de courage,
De faire voir le bout de ce penible ouurage,
Que le diuin Ronſard n'oſa que commencer,
Et pour ta ſeule gloire, elle veut y penſer,
Apprends que chaque iour cette Muſe s'applique,
A former le project, d'vn POEME HEROIQVE.
Sur les Maiſtres de l'Art, qui n'aurarien des leurs,
Elle eſbauche vn deſſein, appreſte des couleurs,
Choiſit dedans l'Hiſtoire vn HEROS de ta race,
S'inſtruit de ſa valleur, & le ſuit à la trace,
Le tire du Sepulchre, afin que dans ſes Vers
Il ne puiſſe finir qu'auecques l'Vniuers.

Le Sang Royal de *DREVX*, d'où vient ton ori-
    gine,
Luy fournit maintenant tout ce qu'elle imagine,
Et c'est *ROBERT le GRAND*, qu'elle veut
    esleuer
Iusqu'où mortel que toy ne sçauroit arriuer.
Mais n'ayant pour obiect, que ton cœur Magna-
    nime,
Il faut, Grand *RICHELIEV*, que ta douceur
    l'anime,
Il faut voir de bon œil ce qu'elle a medité ;
Apres, tiens toy certain de l'immortalité,
Elle te la promet, & t'en donne asseurance,
Sa parole pour pleige, a celle de la *FRANCE*,
Elle verra le bout d'vn trauail si plaisant.

Cette Reine à ces mots s'encline, en se taisant,
Et ce grand *DVC* qui voit que son discours s'acheue,
Luy presente la main, se courbe, & la releue,
La conduit au Balcon, & pour la resioüir,
Luy fait vn compliment qu'aucun ne peut oüir :
On iuge neantmoins, au signe de la teste,
Qu'elle obtient aisément l'effect de sa requeste,
Et deuant que quitter, & ce Prince, et ces lieux,
Vn extréme plaisir se fait voir en ses yeux.
Lors dans vn Ciel d'azur, dont le front est sans voiles,
Où des Fleurs de Lis d'or, brillent au lieu d'Estoiles ;

Ceſte Reine s'enuolle, & d'vn œil tout charmant,
Elle prend ſon congé du genereux ARMAND,
Son char d'or eſmaillé s'enuelope de Nuës,
Elle tróuue à l'inſtant des routes incōnnuës,
Et bien haut dans les Airs, regardant RICHELIEV,
Une ſeconde fois, Elle luy dit Adieu.

SONNET

SONNET.

LA FORTVNE PARLE
A MONSEIGNEVR
LE CARDINAL.

*P*Artons grand RICHELIEV, la gloire nous
  appelle,
Desia toute l'Europe a les yeux deſſus
  toy;
Il eſt temps de punir par les armes du ROY,
Et le vaſſal perfide, & le ſubieƈt rebelle:

Ie te prepare encore vne Palme nouuelle,
Ie fay marcher deuant la terreur & l'Effroy;
Et ces foibles mutins qui te manquent de foy,
S'eſleuent vn Tombeau, non vne Citadelle:

Ne me meſpriſe point pour mon aueuglement;
Ie n'ay que faire d'yeux ayant ton iugement;
Aupres de ſes clartez, quel Aſtre pourroit luire?

Non, non, fais battre aux chãps, marche, partons d'icy,
Pourueu que ta prudence ait ſoing de me conduire,
On nous verra bien toſt dans les murs de Nancy.

E

SONNET.

LA ROCHELLE.

Parle à Nancy.

OY qu'vn mauuais Demon fait refoudre à ta
    perte,
Orgueilleufe Cité, iuge où tu te reduis;
Songe ce que ie fus, & vois ce que ie fuis,
D'vne Ville de guerre, vne place deferte:

Bien toft ainfi que moy tu te vas voir ouuerte,
Ta muraille rafée, & tes Rampars deftruis;
Et tu te verras feule à pleindre tes ennuis,
De larmes, de pouffiere, & de honte couuerte:

Je fus ainfi que toy iadis pleine d'orgueil;
Tu vas ainfi que moy deuenir ton cercueil;
Au mefme chaftiment tu peux bien te refoudre.

ARMAND te va punir de ta temerité;
Et l'on nous fera voir à la pofterité,
Comme ces monts noircis ou fume encor la foudre.

SONNET.

ILlustre RICHELIEV, *tu vas auoir ta feste,*
Et tout pour le Triomphe est desia preparé,
Prends ton habit de pourpre, & fais t'en voir paré,
Ta main a des Lauriers pour te ceindre la teste:

Desormais à l'abry tu ris de la tempeste,
Ton front est à couuert, en estant decoré,
Il est temps de monter dessus le Char doré,
Que ta Vertu merite, & que l'honneur t'apreste.

Que tous les Potentats s'unissent contre nous,
L'Europe les verra dans six mois à genoux,
Et pour dompter leur force, il ne faut que t'esbatre:

L'Vniuers est au ROY, les Destins l'ont promis;
Sans Mine, sans Canon, et mesme sans combatre,
Ton Nom fera tomber les Rampars ennemis.

SONNET.

CE fameux Conquerant dont nous parle
l'Histoire,
Qui paſſa comme vn foudre & vainquit
l'Vniuers,
Apres s'eſtre chargé des Lauriers les plus verds,
Eut crainte que le Temps n'oubliaſt ſa victoire :

Courage, braue ARMAND, les filles de Memoire,
Afin de t'obliger ont leurs threſors ouuers ;
Et ce ieune Monarque amoureux des beaux vers,
Ne pût iamais auoir ce que i'offre à ta gloire :

Malgré l'oubly qui regne au ſepulchre Poudreux,
Ie ſçauray bien trouuer dans la RACE DE DREVX,
Vn Illuſtre HEROS, qui domptera l'Enuie :

Mais de quelques vertus que ie le puiſſe orner,
A l'inſtant que mes vers parleront de ta vie,
Ie termineray l'eſclat que ie luy veux danner.

SONNET.

Nuincible *HEROS* dont la gloire est se-
    mée,
Partout où le Soleil a droict d'illuminer,
Sage & grand RICHELIEV, ie veux te
    voir mener
Nos Soldats aussi loing que va ta Renommée :

Ie veux suiure tes pas aux dangers de l'armée,
Y deust Mars en fureur ma course terminer,
Et lors ie mesleray (pour te mieux couronner)
Au Cedre du Liban, la Palme d'Idumée :

Apres, dans le repos, ma Muse aura le soin,
De chanter les hauts faits dont ie fus le tesmoin,
Ainsi fidellement ie les pourray descrire :

Mais reçoy mon seruice en attendant mes vers,
Et souffre que ie monstre aux yeux de l'Vniuers,
Qu'Apollon porte vn Arc aussi bien qu'vne Lire.

F iij

STANCES
POVR MADAME
DE COMBALET.
SOVS LE NOM
DE SILVIE.

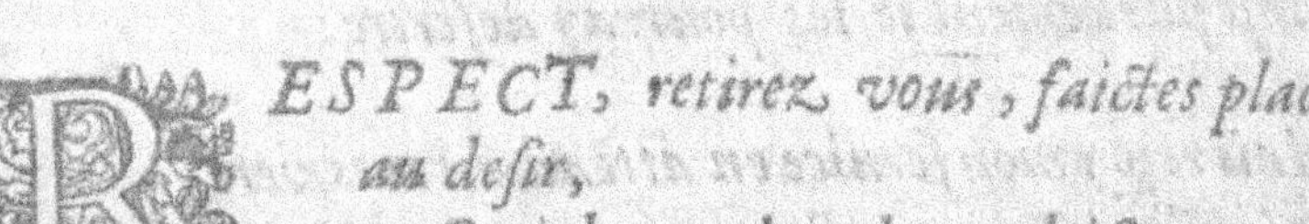

RESPECT, *retirez vous, faictes place*
  au desir,
   Qui demande qu'en ce loisir,
    Ie trace vn portraict de SILVIE:
Vos timides conseils me semblent superflus;
Ie peinds ce beau visage, & ceste belle vie,
  Ne me destournez plus.

En vain par la raison vous chocquez mon orgueil,
Icare eut vn si grand Cercueil,
Que sa perte fut glorieuse :
L'Astre que ie regarde est plus clair que le sien ;
Vostre assistance est foible, autant qu'iniurieuse,
Et s'oppose à mon bien.

Quand les traicts de ma main peignant ce beau vain-
Reialiroient contre mon cœur,   (queur,
Ie n'en quitterois pas l'ouurage :
Il faut que ie l'acheue, importun Conseiller,
Vostre soing me desplaist, vostre secours m'outrage,
Laissez moy trauailler.

Mais de quelles couleurs me pourrai-ie seruir ?
En est-il qui puissent rauir ?
Cherchons-les en toutes les choses :
Et dans ce haut dessein, pour nous eterniser,
Si les moindres beautez ont des Lis & des Roses,
Gardons bien d'en vser.

Et l'Albastre & la Neige ont trop peu de blancheur,
Pour peindre vn teint, dont la frescheur,
Fait honte aux fleurs les plus nouuelles :
Son esclat esblouit & charme tous les yeux :
Et celle dont les pleurs les font naistre si belles,
En a moins dans les Cieux.

Le Cinabre & l'Azur n'ont rien encor d'égal,
Ny les perles, ny le Coral ;
En vain ie les mets en vsage :
Cét obiect dont ie parle est tousiours sans pareil ;
Et ie voudrois auoir pour peindre ce visage,
Vn rayon du Soleil.

Auec moins de grandeur, le Ciel voulut former
Celle qui receut de la Mer
Vn Berceau de Nacre & d'Opale :
Et bien que tous les vers flattent ses vanitez,
Elle perd auiourd'huy la gloire sans esgale,
De Reine des beautez.

L'adorable SILVIE efface en vn moment,
Toute la pompe & l'ornement ;
Que souloit admirer la terre :
Oser voir ses attraits, c'est n'en conseruer pas ;
Et comme vn Diamant ternit l'esclat du verre,
Tout cede à ses appas.

Aussi bien que son port, sa taille, et sa beauté,
Ses yeux ont vne maiesté,
Qui fait qu'on la craint, & qu'on l'aime :
Et chacun iugeroit, la voyant arriuer,
Qu'elle descend du Throsne, où son merite extréme
La deuroit esleuer.

Que

Que ie remarque icy de merueilleux accords!
L'esprit aussi beau que le corps,
Doit auoir place en ma peinture;
Et d'vn crayon doré qui charme comme luy,
Imitant par ma main celle de la Nature,
Ie le peinds auiourd'huy.

Il est solide, fort, actif, & penetrant;
Et ne va iamais rencontrant
Nul obstacle qu'il ne surmonte:
Il entraine les cœurs par vn discours charmeur;
Et comme ses beaux yeux, son eloquence dompte
La plus farouche humeur.

Mais qu'il me reste encor vn haut point à toucher,
(Si ma main ose en approcher)
En la pureté de son ame!
C'est vn miroir sans tache, & qu'on ne peut ternir,
Et comme le Ciel garde vne eternelle flame,
Elle ne peut finir.

Chasque fois que l'enuie attaque sa vertu,
Ce Monstre à ses pieds abatu
Perd la parole & l'insolence:
Et mal-gré sa malice on luy fait aduoüer,
Que sa grandeur l'estonne, & l'oblige au silence,
De peur de la loüer.

G

J'ay le Soleil aux yeux, & ie ne voy plus rien,
Respect, raison, ie connois bien
Que vostre aduis est legitime:
Ie suis prest d'acheuer cét excellent Tableau,
Mais si mon repentir, peut effacer mon crime,
Ie quitte le pinceau.

FIN.

ment & paifiblement l'expofant , & ceux qui auront droict d'iceluy , fans qu'il leur foit fait aucun trouble ou empefchement: Voulons auffi qu'en mettant au commencement ou à la fin du Liure vn bref extraict des prefentes , elles foient tenuës pour deuëment fignifiées , & que foy y foit adiouftée, & aux copies d'icelles , collationnées par l'vn de nos amez & feaux Confeillers & Secretaires , comme à l'Original. MANDONS auffi au premier noftre Huiffier ou Sergent fur ce requis , de faire pour l'execution des prefentes tous exploicts neceffaires , fans demander autre permiffion: CAR tel eft noftre plaifir, nonobftant oppofitions ou appellations quelconques & fans preiudice d'icelles : Clameur de Haro , Charrre Normande , & autres Lettres à ce contraires. DONNE à Paris le quatorziefme iour de Iuin l'an de grace mil fix cens trente-fix : Et de noftre regne le vingt-feptiefme.

Par le Roy en fon Confeil,

Signé, CONRARD.

Acheué d'imprimer le 15. Iuillet 1636.

Les exemplaires ont efté fournis ainfi qu'il eft porté par le Priuilege.